LA SALADE

DE LA

GRANDE JEANNE

TEXTE PAR

P.-J. STAHL

VIGNETTES PAR LORENZ FROELICH

GRAVURES PAR F. MÉAULLE

BIBLIOTHÈQUE

D'ÉDUCATION ET DE RÉCRÉATION

J. HETZEL & Cie, 18, RUE JACOB

PARIS

—

4° Y² 402.

LA SALADE

DE LA

GRANDE JEANNE

Strasbourg, typogr. de G. Fischbach, succr de G. Silbermann. — 1787.

La Salade de la Grande Jeanne

LA SALADE

DE LA

GRANDE JEANNE

P.-J. STAHL

VIGNETTES PAR LORENZ FRŒLICH

GRAVURES PAR F. MÉAULLE

BIBLIOTHÈQUE

D'ÉDUCATION ET DE RÉCRÉATION

J. HETZEL & Cie, 18, RUE JACOB

PARIS

—

L'amitié de la petite Marie pour la bonne créature qui est aujourd'hui la grande et belle Jeanne est née le jour même où Jeanne était venue au monde. Marie avait alors quinze mois tout au plus et trottinait déjà dans la maison. La vérité est qu'elle faisait dans ses expéditions pédestres presque autant de culbutes que de pas; mais comme elle ne tombait jamais que de son haut, c'est-à-dire de pas bien haut, cela ne l'empêchait pas de persévérer dans ses tentatives.

La vieille Françoise avait apporté Marie à Jeanne pour leur faire faire connaissance. La pauvre Jeanne avait, elle aussi, bien de la peine à se tenir ce jour-là sur ses pieds, bien qu'elle en eût quatre. Les deux enfants s'étaient aimés tout de suite.

LA SALADE DE LA GRANDE JEANNE

JEANNE ET MARIE S'ÉTAIENT AIMÉES TOUT DE SUITE.

Tout le monde se souvenait à la ferme de les avoir vues faire de fameuses parties ensemble, d'abord dans la cour de la ferme, à la porte des étables, et puis après aux alentours des bâtiments, dans les prés qui avoisinaient la ferme. Quand, après ces bonnes parties-là, Jeanne, qui n'était pas encore sage, ne voulait pas rentrer à l'étable et se mettait à courir comme une folle dans la cour au risque d'effaroucher les volailles, Marie, qui n'était pas aussi infatigable qu'elle, se réfugiait sur les genoux de Françoise et ne se gênait pas pour admonester sa turbulente amie. Sa voix finissait toujours par faire impression sur Jeanne, mais ce n'était pas sans peine, et plus d'une fois Marie n'eut raison d'elle qu'en lui criant de toutes ses forces : «Jeanne, Jeanne ! je vais le dire à maman ! »

Ce mot-là, c'était le grand mot, Jeanne n'y résistait jamais.

LA SALADE DE LA GRANDE JEANNE

«JEANNE, CRIAIT MARIE, JE VAIS LE DIRE A MAMAN!»

Cependant Jeanne avait grandi bien plus vite que Marie : au bout de deux ans, la petite génisse de l'an passé était devenue une grande personne; au bout de trois ans, elle avait toute sa taille, et on l'appelait déjà la grande Jeanne qu'on ne pouvait encore appeler Marie, pour être vrai, que la petite Marie. Cela tient à ce que les vaches grandissent beaucoup plus vite que les enfants : une vache de cinq ans est une forte bète, tandis qu'une petite fille de six ans et demi cela n'est pas grand. Marie avait besoin de lever sa main bien haut au-dessus de sa tête pour atteindre à l'épaule de son amie et s'accrocher à ses cornes; encore est-il qu'il fallait que la bonne Jeanne s'y prêtât en baissant un peu la tête.

LA SALADE DE LA GRANDE JEANNE

LA BONNE-JEANNE S'Y PRÊTAIT EN BAISSANT UN PEU LA TÊTE.

IV

Rien n'étonne les enfants. La petite Marie n'avait pas
été jalouse du tout de voir son amie Jeanne grandir bien
plus vite qu'elle. Elle aimait de plus en plus Jeanne devenue
grande, et la grande Jeanne aimait tous les jours davantage
la petite Marie, bien que celle-ci fût, relativement à elle,
restée toute petite. — Jeanne était, en outre, depuis une
année, la seconde maman nourrice de Marie. Elle lui donnait
tous les matins un grand verre de son bon lait et semblait
si contente de le lui voir boire que Marie, pour faire plaisir
à Jeanne, pendant que Françoise achevait de la traire, allait
s'asseoir sur le grand banc de pierre qui séparait les deux
portes de la maison de la ferme, afin que Jeanne vît bien
qu'elle ne perdait pas une goutte du bon premier déjeuner
qu'elle lui devait.

LA SALADE DE LA GRANDE JEANNE

JEANNE DONNAIT TOUS LES MATINS UN GRAND VERRE DE SON
BON LAIT A MARIE.

V

Quand c'était fini, et que Françoise avait amassé dans le grand seau assez de lait pour la ferme, la grande Jeanne allait, sans qu'on eût besoin de l'en prier, se coucher à demi en travers du banc, sur lequel la petite Marie était déjà montée, et elle s'y prenait si bien que la petite Marie n'avait plus qu'à s'asseoir sur son dos. Dès que Marie se sentait bien assise, le licou de la grande Jeanne dans une main et un petit panier dans l'autre, elle disait : «Partons, Jeanne!» Et Jeanne se relevait doucement et partait très-glorieuse, car elle était presque toujours attifée de jolies fleurs et de guirlandes de lierre et de plantes que Marie disposait avec beaucoup de goût autour de ses cornes.

LA SALADE DE LA GRANDE JEANNE

LA PETITE MARIE N'AVAIT PLUS QU'A S'ASSEOIR SUR LE DOS
DE JEANNE.

VI

Les gens de la ferme, la maman de Marie et son
papa, son petit et ses grands frères et ses sœurs montaient
alors au premier pour mieux voir le départ et se disaient,
en se les montrant de la main au moment où elles sor-
taient l'une portant l'autre par la grande porte de la cour :
« Sont-ils assez amusants tous les deux ! c'est égal, c'est la
plus petite qui conduit la plus grosse, c'est Marie qui conduit Jeanne au pré. » — Je crois qu'ils auraient pu dire
aussi bien que c'était Jeanne qui conduisait Marie à la pro-
menade. — « Bon voyage ! leur criait en riant le grand-
père ; bon voyage, mesdemoiselles ! »

LA SALADE DE LA GRANDE JEANNE

« BON VOYAGE, MESDEMOISELLES »

VII

Jeanne et Marie arrivées au pré, il s'agissait pour Marie
de redescendre ; c'était plus vite fait que de monter. Jeanne
se baissait tout en broutant l'herbe à sa portée ; Marie
sautait, ou se laissait, comme un petit chat, tomber dans
l'herbe épaisse, en prenant garde toutefois à son panier.
Pendant cette petite opération, Jeanne s'était déjà mise à
l'œuvre et ne perdait pas un coup de dents, mais il n'y avait
pas de risque qu'elle fît jamais un faux mouvement qui pût
gêner la descente de Marie.

LA SALADE DE LA GRANDE JEANNE

DESCENDRE ÉTAIT PLUS VITE FAIT QUE DE MONTER.

VIII

Il s'agissait alors pour Marie de conduire Jeanne au meilleur endroit, — celui où la prairie était tendre et touffue. — Marie marchait devant, et Jeanne la suivait docilement, sauf à s'arrêter de ci, de là, quand quelque belle touffe de gazon, se présentant à elle comme un hors-d'œuvre, la tentait trop. Par exemple, si elle s'attardait plus que de raison à une touffe plus fournie que les autres, Marie lui montrait en riant sa baguette, et Jeanne repartait tout de suite, la bouche encore embarrassée de grandes herbes. «Oh! la gourmande!» lui disait Marie. Mais les bons yeux de Jeanne voyaient bien que le reproche était pour rire.

LA SALADE DE LA GRANDE JEANNE

LA PETITE MARIE CONDUISAIT JEANNE AU MEILLEUR ENDROIT.

IX

Lorsque les deux amies étaient arrivées à la bonne
place, le vrai repas de Jeanne commençait. Marie la laissait
libre tout à fait, s'en remettant à sa sagesse de ne jamais
aller trop loin, puis elle s'asseyait au pied d'un grand peu-
plier. Une fois bien installée là, Marie tirait de son petit
panier une tartine, un tricot et un livre qu'elle aimait beaucoup: *le premier Livre des Enfants* de M. Stahl, si bien
illustré par M. Schuler. C'est dans ce beau livre-là qu'elle
apprenait tout. — Quand Jeanne avait fini de déjeuner et
qu'elle avait envie de boire, Marie avait fini sa tartine,
savait sa leçon et était en train de tricoter.

LA SALADE DE LA GRANDE JEANNE

QUAND JEANNE AVAIT FINI DE DÉJEUNER, MARIE SAVAIT SA LEÇON.

X

Les deux amies se dirigeaient alors vers le gué du ruisseau qui borde le pré, à l'endroit où l'eau était la plus claire et la plus fraîche, pas loin du petit pont. Pour ce trajet, Marie, tout en tricotant, marchait à côté de la tête de Jeanne. C'était pour l'empêcher de traverser les troupeaux de moutons, pour lesquels elle n'aimait pas à se déranger, et pour éviter d'effaroucher les jeunes poulains de la ferme qu'on mettait au vert dans ces prés-là, et qui étaient encore très-peureux. Mais c'était surtout, je crois, pour pouvoir caresser son amie Jeanne plus à son aise et lui parler comme à l'oreille. Oui, oui, elles se parlaient ; elles avaient des choses à se dire.

LA SALADE DE LA GRANDE JEANNE

ELLES AVAIENT DES CHOSES A SE DIRE.

Une fois devant l'eau, elles choisissaient chacune la place qui leur paraissait la meilleure, celle où l'eau leur semblait plus vive et plus limpide, et dès que les deux places étaient trouvées, Jeanne entrait dans le ruisseau des deux jambes de devant — et se mettait à boire, sans se presser, avec ses grandes lèvres gourmandes. — Marie, qui avait soif aussi, allait boire au-dessus du courant, à quelques pas de Jeanne, et buvait, pas comme Jeanne qui mettait toute sa bouche dans l'eau, mais à l'aide de sa main, bien adroitement. C'était très-bon, et même très-amusant, car l'eau faisait pour Marie comme un miroir, où la figure sérieuse qu'elle avait en buvant lui donnait envie de rire.

LA SALADE DE LA GRANDE JEANNE

JEANNE ENTRAIT DANS LE RUISSEAU DES DEUX JAMBES DE DEVANT.

XII

Quand Jeanne avait assez bu, Marie aussi, on retournait alors au pré, mais pas du même côté que le matin. On changeait de place ; le soleil était trop chaud, on cherchait l'ombre ; — on allait à l'autre bout, tout près du bois. — Jeanne se couchait alors et faisait un grand somme ; Marie, étendue sur la lisière du bois, en faisait plusieurs petits ; car, quoiqu'elle eût bien confiance dans la sagesse de Jeanne, elle rouvrait les yeux de temps en temps pour veiller sur sa grande amie. Quelquefois elle se levait pour aller chasser, avec sa baguette de saule, les mouches taquines qui auraient pu la réveiller et la fâcher en s'attaquant à ses naseaux.

LA SALADE DE LA GRANDE JEANNE

MARIE ROUVRAIT LES YEUX DE TEMPS EN TEMPS POUR VEILLER
SUR SA GRANDE AMIE.

XIII

Il arriva un jour que Jeanne se réveilla la première, —
et, pour une fois que cela lui arriva, elle eut bien raison.
— Une biquette était sortie du bois qui, voyant Marie en-
dormie, par malice plutôt que par méchanceté, je l'espère,
s'était avisée de lui donner un coup de corne dans le dos.
Tout de suite Jeanne fut sur pied; elle courut sur la chèvre
en meuglant terriblement. — La chèvre ne se le fit pas
répéter : elle rentra dans le bois toute penaude; — et
Marie, qui avait deviné, embrassa cent fois son amie
Jeanne, qui l'avait si bien protégée.

LA SALADE DE LA GRANDE JEANNE

LA CHÈVRE RENTRA DANS LE BOIS TOUTE PENAUDE.

Quelquefois Jeanne et Marie, — elles étaient curieuses, — entendant le bruit des roues d'une voiture sur la route, de l'autre côté de la haie du pré, allaient voir si c'étaient des bêtes et des gens de la ferme.

Alors on s'arrêtait, on se reconnaissait. Les chevaux hennissaient, l'âne chantait, le grand Médor, un ami de Jeanne, aboyait pour faire fête à son amie; Jeanne répondait, et Marie criait un bonjour gentil à tout le monde.

La petite agitation de ces rencontres faisait bien dans le silence du pré. Cela l'égayait un instant. Il n'en faut pas plus, quand la vie est calme, pour lui apporter un plaisir.

LA SALADE DE LA GRANDE JEANNE

MARIE CRIAIT UN BONJOUR BIEN GENTIL A TOUT LE MONDE.

XV

Un jour, le petit frère de Marie eut une drôle d'idée.
C'était un bon petit garçon; il avait obtenu la permission,
qu'il désirait depuis longtemps, d'accompagner Marie et
Jeanne au pré, et voyant la grande Jeanne manger son
herbe toute sèche : « Oh! avait-il dit, Jeanne trouverait son
herbe « *plus meilleure* » si elle était assaisonnée comme
notre salade. » — Et il avait été convenu que le lendemain
on ferait à Jeanne la surprise de lui assaisonner de l'herbe,
— si maman y consentait.

Marie avait demandé à sa maman tout un assaisonne-
ment de salade, bien préparé dans une bouteille. La maman
avait refusé : c'était du bien perdu, pensait-elle, — et en
bonne ménagère elle ne voulait rien perdre. Mais le grand-
père de Marie, — il paraît qu'il aimait à rire, — l'avait
décidée à faire ce plaisir aux petits, et, par curiosité, il les
avait accompagnés. Les voyant partir, le plus grand frère
et l'aînée des sœurs de Marie s'étaient mis de la partie, et
Margot, une pie dont le petit frère Jacques faisait l'éduca-
tion, était venue avec son petit maître, voletant et sautillant
tout le long du chemin, comme si elle eût voulu voir, elle
aussi, la figure que ferait Jeanne devant de la salade accom-
modée à la mode des personnes qui ne sont ni des bœufs
ni des vaches.

Françoise avait emporté un grand saladier et sa fau-
cille. Elle coupa autant d'herbe fraîche que pouvait en
contenir le grand saladier.

LA SALADE DE LA GRANDE JEANNE

LE PETIT FRÈRE DE MARIE EUT UNE DRÔLE D'IDÉE.

XVI

Marie et son frère Jacques voulurent assaisonner et retourner eux-mêmes la salade de leur Jeanne. Le grand-père s'assit sur un tronc d'arbre pour voir préparer cette petite cuisine-là; Jeanne regardait innocemment tous ces préparatifs, et, pour voir aussi de tout près, la pie Margot, que Jeanne connaissait bien, s'était perchée sur ce qu'on pouvait bien appeler la première place, puisque c'était entre les deux cornes de Jeanne, — au beau milieu de son front. Jeanne y était faite : Margot lui en avait fait prendre l'habitude. « Ça réussira, disait le petit Jacques, qui goûtait de temps en temps la salade. Si elle est très-bien mêlée, Jeanne sera très-contente. »

LA SALADE DE LA GRANDE JEANNE

JACQUES DISAIT : «SI LA SALADE EST TRÈS-BIEN MÊLÉE, JEANNE SERA
TRÈS-CONTENTE.»

XVII

La salade était prête. Il s'agissait de la servir à Jeanne.
Françoise avait placé le saladier devant elle : la bonne
bête, se voyant offrir quelque chose par des amis, par
politesse voulait bien en goûter. Mais on lisait dans son œil
indécis que le parfum acide qui sortait de cette herbe-là ne
lui inspirait qu'une demi-confiance. « Mange donc, Jeanne,
lui disait le petit Jacques, qui tenait beaucoup au succès de
son invention, tu verras que c'est très-bon. Nous en man-
geons tous, nous, de cette salade-là, et tous les jours ;
allons, courage, faut essayer. »

Elle essaya...

LA SALADE DE LA GRANDE JEANNE

« MANGE DONC JEANNE » LUI DISAIT LE PETIT JACQUES.

XVIII

Mais Jeanne n'eut pas plus tôt fourré tout son nez dans le saladier et rapporté l'épaisseur de sa langue de salade dans sa bouche qu'elle se mit à meugler d'une façon lamentable, à éternuer comme si elle avait pris deux cents prises de tabac, et à secouer la tête si vivement que Margot la pie, prise de terreur, en fut désarçonnée et s'envola à tire d'aile en criant de toutes ses forces : « Maman ! maman ! » un mot qu'elle avait appris du temps que Marie, faute d'en savoir d'autres, le disait toute la journée et le criait, comme venait de le faire Margot, quand elle se croyait dans quelque mauvaise passe.

Tout le monde avait commencé par bien rire ; mais on fut un peu inquiet quand on vit que la pauvre Jeanne, qui ne cassait jamais rien, avait d'un coup de pied culbuté et cassé en trente-six morceaux le saladier de Françoise, et qu'elle s'était mise à courir de son plus grand galop du côté du petit pont.

LA SALADE DE LA GRANDE JEANNE

MAIS JEANNE N'EUT PAS PLUS TÔT FOURRÉ SON NEZ DANS LA SALADE.

«Qu'est-ce qu'elle veut faire? disait le grand frère; est-ce qu'elle est folle? qu'est-ce qui l'a mordue? — Elle a le feu dans le gosier, disait le grand-père; n'ayez pas peur, Jeanne n'est pas bête, elle va au ruisseau. — Hélas! hélas!» soupirait Marie, bien fâchée d'avoir écouté l'idée de son petit frère et d'y avoir entraîné tant de monde.

Le grand-père avait raison. — On courut après Jeanne, et on la retrouva dans l'eau jusqu'au poitrail, et buvant, buvant comme si elle avait eu à éteindre un incendie. Elle but si longtemps que c'était à croire qu'elle voulait mettre à sec toute la rivière.

LA SALADE DE LA GRANDE JEANNE

« N'AYEZ PAS PEUR, DIT LE GRAND-PÈRE, JEANNE N'EST PAS BÊTE,
ELLE VA AU RUISSEAU. »

XX

« C'est pas la salade, disait le petit Jacques pour s'ex-
cuser ; c'est pas le sel que Jeanne aime beaucoup : c'est le
trop de poivre que Françoise met toujours partout. » —
Pour cette fois, Françoise, qui n'était pas déjà trop contente
d'avoir son saladier cassé à raconter à sa maîtresse, se
fàcha toute rouge, et elle allait allonger une calotte à maître
Jacques, si le petit, qui avait deviné le coup, ne s'était pas
vivement abrité derrière le grand-père, si bien que ce fut
la pauvre Marie qui faillit attraper la taloche. — « Là, là,
dit le brave homme, ne nous fàchons pas ; c'est assez
d'avoir pris part tous à une bêtise, sans la terminer par des
giffles. » — L'humeur de Françoise était déjà passée : le
petit Jacques était son favori. Ils s'embrassèrent, et tout fut
dit. — Mais il fut bien prouvé ce jour-là que la simple
cuisine de la nature convient mieux aux bêtes que
celle de l'homme.

LA SALADE DE LA GRANDE JEANNE

LA CUISINE DE LA NATURE CONVIENT MIEUX AUX BÊTES QUE CELLE
DE L'HOMME.

Jeanne resta craintive pendant quelque temps, et même, quand Marie lui offrait quelque chose qu'elle avait toujours aimé, elle se faisait prier pour le prendre. Le souvenir du poivre et du vinaigre l'avait rendue très-méfiante. Il fallut des semaines pour rétablir l'intimité en ce qui concernait l'alimentation entre Marie et la grande Jeanne. La grosse méfiante n'avait pas du tout envie d'être prise une seconde fois au piége.

Elle ne s'en rapportait qu'à elle-même pour l'herbe à choisir, et cela chagrinait beaucoup Marie, cette défiance-là.

Cependant, au bout d'un mois, tout était rentré dans l'ordre, et les deux amies n'y pensaient plus, je le suppose, que pour en rire.

LA SALADE DE LA GRANDE JEANNE

LE SOUVENIR DU POIVRE ET DU VINAIGRE AVAIT RENDU JEANNE
TRÈS-MÉFIANTE.

XXII

Monsieur Jacques seul ne démordait pas de son idée. Il était entêté comme une petite mule. Pour lui, l'expérience n'était pas concluante ; il n'aurait pas fallu couper l'herbe, — il n'aurait pas fallu faire la salade dans un saladier, — il aurait fallu assaisonner tout le pré avec des arrosoirs pleins de sauce de salade pas trop poivrée ni vinaigrée ; — alors on aurait vu Jeanne très-contente. Mais on ne le vit pas, personne ne voulant faire cette coûteuse expérience de mettre en salade un pré de deux hectares.

Maintenant, Marie est raisonnable, son frère aussi, et à la ferme on ne songe plus à tout cela que de loin en loin, histoire de jaser du passé. Jeanne n'en dit jamais rien ; elle a reconnu cette fois-là, et une fois pour toutes, que le mieux est quelquefois l'ennemi du bien, pour les bêtes surtout, à qui Dieu a départi en une fois les instincts de tout ce qui leur est nécessaire, et elle s'y tient. A vrai dire, elle n'a gagné à l'histoire de la salade qu'une chose, c'est que Margot a perdu l'habitude de se poser entre ses deux cornes, ce qui était plus amusant pour elle que pour Jeanne, que les picotages du bec pointu de cette Margot avaient agacée quelquefois, bien qu'elle n'eût jamais voulu s'en plaindre.

J'ai pensé que vous ne m'en voudriez pas de vous avoir fait connaître Jeanne et l'histoire de sa salade. Au village, il n'en faut pas plus pour amuser les gens. — Si à Paris on est plus difficile, j'en suis fâché. Il est trop tard pour m'arrêter. Pourquoi m'a-t-on laissé aller jusqu'au bout ?

STAHL.

LA SALADE DE LA GRANDE JEANNE

AU VILLAGE, IL N'EN FAUT PAS PLUS POUR AMUSER LES GENS. SI A PARIS
ON EST PLUS DIFFICILE, J'EN SUIS FÂCHÉ.

Strasbourg, typogr. de G. Fischbach, succr de G. Silbermann. — 1787

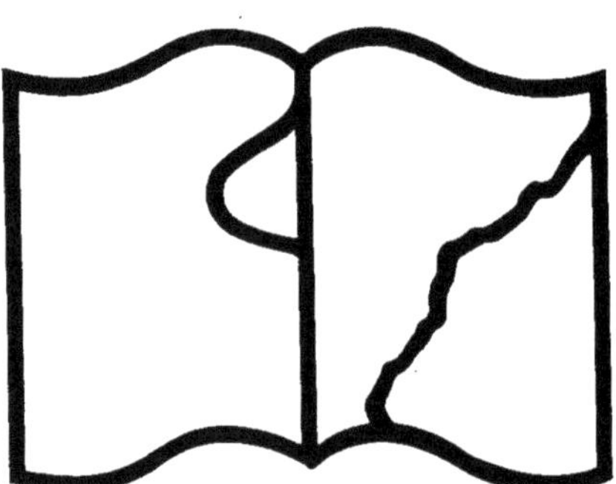

Texte détérioré — reliure défectueuse

NF Z 43-120-11